La poule qui pond des patates

MICHEL PIQUEMAL

**ILLUSTRATIONS DE
LAURENCE CLEYET-MERLE**

Chapitre 1

Il était une fois une poule
qui ne pondait jamais d'œufs.
Elle avait beau couver toute la journée,
rien... Pas un petit, pas un gros...
pas un œuf sous son croupion.
Le jour où le fermier s'en aperçoit,
il entre dans une colère terrible :

– Qu'ai-je besoin d'une poule
qui ne pond pas d'œufs ?
Si demain tu n'as rien
pondu, lui crie-t-il,
**tu passes à la
casserole** !

4

La pauvre poulette est tout affolée.
Elle court, elle court partout dans
le poulailler en pleurnichant :
– Il me faut pondre. Il me faut pondre
quelque chose… sinon je vais finir
dans la casserole.

À force de courir, elle finit par avoir une idée. Elle va dans le champ du fermier, déterre une patate...

… et se la met sous le croupion.

Comment élever son poussin? en 10 leçons

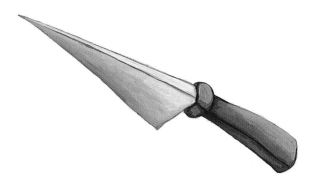

Chapitre 2

Au matin, quand le fermier vient
la voir, il tient un couteau à la main :
– J'espère pour toi
que tu as pondu ! lui crie-t-il,
sinon, couic !
Il passe la main sous les plumes
et il en sort… une patate.
Il reste un moment sans savoir quoi
dire, à tourner la pomme de terre
dans tous les sens…

Mais bien vite, la colère le reprend :
– Qu'ai-je à faire d'une poule
qui pond des patates ?
J'en ai plein mon champ. Si demain,
tu m'as encore pondu une patate,
je te passe à la casserole.

La pauvre poulette est tout affolée :
– Il me faut pondre. Il me faut pondre
quelque chose… sinon je vais finir
dans la casserole.

Et elle court dans tous les sens
au milieu des champs. Finalement,
elle atterrit dans le jardin du voisin
qui est plein de navets. Elle en
déterre un, rentre
au poulailler
et se le met
sous le croupion.
Au matin, quand
le fermier vient
la voir, il a un énorme couteau
à la main :
– J'espère
pour toi que
tu as pondu !
lui crie-t-il,
sinon,
couic, couic !

Il passe la main sous les plumes et il en sort... un navet. Alors là, il en reste complètement baba. Où a-t-on vu une poule qui pond des navets?

Mais bien vite, la colère le reprend :
– Qu'ai-je à faire d'une poule
qui pond des navets ?
Mon voisin en a plein son champ
et il me les échange contre
mes patates. Si demain,
tu m'as encore
pondu un légume,
je te passe à la casserole,
avec tes patates et tes navets.
Cela me fera le pot-au-feu.

La pauvre poulette est désespérée :
– Il me faut pondre. Il me faut pondre
quelque chose… sinon
je vais finir dans la casserole.
Et elle court dans tous les sens
au milieu des champs.
Finalement, à la nuit tombée, à force
de gratter et de gratter, elle trouve
quelque chose qui brille. Elle rentre
au poulailler et se le met sous
le croupion.

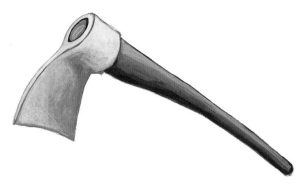

Chapitre 3

Au matin, quand le fermier
vient la voir, il a une grosse hache
à la main.

– J'espère pour toi
que tu as pondu! lui crie-t-il,
sinon couic, couic et couic!

Il passe la main sous les plumes
et il en sort… une belle bague en or.

Il reste un moment sans savoir que dire, à tourner le bijou dans tous les sens… Puis il hurle de joie et appelle sa femme :

– Viens donc voir, lui dit-il,
la bague, la belle bague
que Grand-Mère avait perdue,
la bonne poule nous l'a pondue.

Il saute de bonheur, il chante ;
et quand la fermière arrive, ils dansent
la gigue au milieu du poulailler.

– Et dire que je voulais te manger !
dit le fermier, en faisant de grands
baisers sur le bec de sa cocotte.

– Désormais, ma poule chérie, nous te soignerons comme une reine ! ajoute la fermière.

Et à compter de ce jour, la poule eut double ration de grains, sans avoir à pondre un seul œuf.

FiN